marci ezili

natural de Santa Isabel do Pará, pequena cidade do Norte do Brasil. Escritora e antropóloga. Gosta de lidar e brincar com palavras. Acredita e trabalha pela democratização da leitura e da escrita como direito fundamental para populações marginalizadas.

Doutora em Antropologia pela Universidade de Toulouse (França) e mestra em Antropologia pela Universidade Federal do Pará, Brasil. Pesquisa e ensina sobre racismo, opressões interseccionais e descolonização do pensamento. Atualmente mora em Montreal, Canadá.

Seu livro de estreia no mundo da ficção é *Amazina, poemas de chuva* (Folheando, 2022)

E-mail: ezili.marci@gmail.com

Instagram: @marciezili

ENTRE NÓS

POEMAS DE MEMÓRIAS CANCELADAS

marci ezili

editora Urutau
primeira edição
2022

O —

editora Urutau

rua do cajú, 478,
jardim das cerejeiras
06724-015
cotia-sp (brasil)

rua manuel pacheco nobre, 128 - 5º esquerdo
2830-080
barreiro (setúbal)
portugal

[+351] 928053619 [portugal]
[+55] 11 9 4859 2 426 [brasil]

www.editoraurutau.com.br
contato@editoraurutau.com.br

[EDITORA]
debora ribeiro rendelli
[REVISÃO]
juliana palermo
[PROJETO GRÁFICO]
wladimir vaz
[COORDENAÇÃO GRÁFICA]
tiago fabris rendelli
[DIAGRAMAÇÃO]
victor h. azevedo
[CAPA]
victor h. azevedo, sobre fotografia de jakayla toney

dados internacionais de catalogação na publicação (CIP) de acordo com ISBD

ezili, marci
E99e entre nós: poemas de memórias canceladas / marci ezili. — cotia: urutau, 2022. 88 p. ; 14cm x 19,5cm.

ISBN: 978-65-5900-317-4

1. literatura brasileira. 2. poesia. I. título.

CDD 869.1
2022-2222 CDU 821.134.3(81)-1

elaborado por odilio hilario moreira junior - CRB-8/9949

sumário

O importante não é ser a primeira,
o importante é abrir caminhos.

Conceição Evaristo

Água de colônia

Eles chegaram
com uma mala
cheia de presentes
Meus olhos ofuscaram
com o brilho
das quinquilharias
Ávido, agarrei num espelho
Não gostei do que vi
Uma versão pintada de mim
Outra cor
Minha imagem refletida
nas águas do rio
era mais intensa e bela
Estava nu
Me vestiram
Roupas brancas
Rasgos em meu modo de viver
Eu me chamava Ouãroyio Topinamba
Me rebatizaram Louis-Henry
E agora é assim que me apresento
Meu novo nome
Exige cabelos penteados
e blusa engomada

Ah, antes de sair
me perfumo
Duas gotas
de água de colônia Chanel
De patchouli
Raiz da Colônia

Água de colônia II

Eu estava longe
Do outro lado
Do rio
Quando eles chegaram
Curiosa me aproximei
Traziam uma mala
Muito grande
Dentro havia cruzes
Códigos e leis
A lei erradicou a mandioca
Tiquara
Decretada comida
Dos preguiçosos
Imorais

A cruz abençoou o trigo
Nutrimento dos inteligentes
E aguerridos
Genocídio e escravidão
Virou Guerras Justas
Nos livros deles
Invalidaram os usos medicinais
Da manteiga de tartaruga,

Do *camapu* e do *urucum*
"drogas do sertão"
Baniram daqui
Levaram para lá
"*notre savoir-faire depuis 1722*"
Desde 1492 roubando tudo
Da gente
E hoje
Na terra dos sabidos
100 gramas de açaí em pó
Valem 15 euros

Vozes do passado

Vozes sussurraram
que negro
não era gente
Acreditei
Falaram que
negro era burro
Pensativa
desconfiei
Quando disputei
um papel na televisão
disseram que
eu não podia ser agente
minha aparição
lembrava a cor
da escravizada
o máximo que poderia
era atuar como
empregada
Abalada, hesitei
O problema é que o próprio negro se discrimina
As vozes falaram,
ditaram e editaram leis

Meus olhos foram violentados
com imagens de navios negreiros
Quando acordei
Mãos precisas e firmes
arrancavam as gravuras
de minhas retinas
Agora são dois buracos
sem líquido
E preencho com pedrinhas
do futuro

Convenção

mulher tem que casar
mulher tem que ser jovem
mulher tem que ser magra
mulher tem que sorrir
— seja suave e não evoque assuntos polêmicos
mulher tem que padecer
mulher tem que estudar menos que o homem
mulher tem que ser hetero e meio santa
um pouco safada, pode
eles deixam
muito não
só se for escondida
sem pelos, lisa como as crianças
mulher tem que ser mãe
o número ideal de filhos. dois. pra que só um. imagina se morre.
três é demais, é coisa de pobre ou de aristocrata católica. coitado
[do planeta.
até que ela grita: foda-se
rasga o casulo e sai

Pai

Quando eu via as crianças
filhas de mãe solo
com olhares tristes e invejosos
lendo frases e slogans: o melhor, o herói
dos dias dos pais
eu fechava meus olhos
sonhando em não ter um
embriagado
rodando a casa

Manchete de jornal

pede pro teu amigo jornalista te entrevistar?
é que tô cansada de ver
nossa família nas manchetes de jornal
fotografias de nossos queridos
em páginas policiais
e nos tristes e magros anúncios
de missas do sétimo dia

Oratória

toda vez que falo em público
meu coração faz assim: *puco, puco*
e depois mais rápido: *puco, puco, puco*
mais rápido: *puco, puco, puco, puco*
as palavras começam a sair entremeladas
de puco, puco

e eu peço secretamente: *por favor, puco, puco*
fica aí, mas não deixes minha voz tremer
não atrapalhes minha mensagem

só que ele
nem ouve, nem liga, tá nem aí
e minha voz oscila ainda mais

maldito *puco, puco*
epigenética explica
ele foi treinado
nos porões do navio
séculos de silêncio imposto

Projeções

nossa, quarenta e seis anos? tudo isso?
nem parece

parece o quê?
ora, me respeite
que eu não sou
sua dorian gray

tenho a idade das profundezas
do mar
da terra
e do mundo

cada ruga em meu rosto
contém um pensamento
que ficou preso

Fusão de solidão

Eu falo: cinza
completas: amarelo
observas a mancha de cúrcuma na saia de meu vestido
#chateada
contraio o rosto
Percebes e balanças o quadril
estalas os dedos
sem vergonha, rio
Acrescentas
olha como mexo meu rabinho
Nem precisava
a dança do bebê dinossauro é engraçada porque é besta
Depois calas
ainda bem
não suporto tua voz gutural
por mais de quinze minutos
O teu silêncio me acolhe
olhares trocados
iniciamos a viagem de ida
infinitas vidas
que teimamos em sustentar
no cotidiano
de nossas imaginações

Concurso

sabes, acho que te conheço
um professor branco puxa conversa comigo durante um colóquio
tu te inscreveste no concurso para prof. titular, né, aqui na faculdade?
sim
respondo seca, sem mais
ele continua
teu dossiê é muito bom. mas…
um sobrenome que não é francês não tem muita chance por aqui.
digo
ah
e morro de ódio por dentro
meses depois vejo Monsieur Le Blanc
dando conferências sobre descolonização
do pensamento
da antropologia
e do mundo

Home

I don't speak english
yes, phone, home, france
é o máximo que consigo
balbuciar

não te preocupes
é algo que se aprende
não estás morta
ainda
e podes aprender
aprender, aprender

sonho conhecer as paisagens célticas da Irlanda
parece que ainda não é proibido
viajar sem saber inglês

sonhando alto e com pouco dinheiro
pego um voo *low cost*
destino Dublin
meu companheiro
voa em primeira classe
com direito a lanche: *macarons* e champanhe
tudo pago pela empresa na qual trabalha

seus diplomas têm valor no mercado
os meus não

pra que serve a antropologia, mesmo?
é literatura de ficção científica?
quando vais terminar tua tese?
pra que perdes teu tempo com isso?
ninguém lê tese
faz um concurso pro TSE
coitada, estuda tanto e nem tem carro

no aeroporto
meu avião que não serve nem água
chega antes
no saguão espero por ele

enquanto aguardo
observo o chão
que de tão limpo
me vejo, refletida

de repente
tem polícia pra tudo que é lado
ai, meu deus, vão já perguntar o que tô fazendo aqui
como vou responder
se não sei falar a merda da língua
aperto minha bolsa com documentos
não podem me expulsar
isso não

tenho papéis
não estou ilegal

à minha esquerda
vejo um homem de turbante ao lado de duas crianças
fenótipo como o meu
ufa, que alívio
são sikhs

à minha direita
ando e me aproximo
de três homens negros
meus ouvidos desesperados
conseguem distinguir
eles falam *wolof*
provavelmente senegaleses

suspiro
estou entre os meus
a solidão me escapole
imigrantes como eu

finalmente
o rosto conhecido e sorridente
acena pra mim

eu e o rosto sorridente juntos, de mãos dadas, deixamos o aeroporto
no táxi, enfim, sinto meu corpo relaxar
o motorista usa *djellaba*
estou em casa

Lugar de fala

na hora das conferências
minha blusa branca
canoniza
o sangue
que escorre de minhas feridas

Origem controlada

de onde vens, vens, vens?
não venho
já estou aqui

não és negra, puff, por que dizes negra?
tu és mestiça, mestiça, mestiça
qual a diferença?
a mim também envias a polícia

Giro descolonial

amassa
tuas derrotas
e observa
o mundo girar

Sistema

as malditas
deprimidas
depressivas
desempregadas
mães de família
mães sem família
donas de casa
donas de coisa nenhuma

fracas demais
para vestirem
outra coisa
que pijamas

violentamente cansadas
para pentearem os cabelos

fatigadas de
depilação
maquiagem
banhos
spas
supermercados

joguem-se
no chão
sem culpa

há tirania na frase
levanta a cabeça, campeã
não levantes coisa alguma
e vês o quão filosófico é

não produzir
também é luta
contra um sistema que nos nocauteia

Autocuidado

não te encaixes
aceita
tuas falhas
arranca
e acalanta
teu coração

Bronzeada

férias, finalmente
praia, sol e sol
que pena, todo verão é a mesma coisa
não consigo pegar
tua cor

minha cor
não se pega
é marca
de sobrevivência

Resolvam tudo na rede

Ontem
quando criança
achava a coisa mais linda
olhos azuis
os meus pretos como açaí maduro
achava o contrário de bonito
empecilhos para adentrar na modernidade

Cresci, estudei e compreendi
o funcionamento do racismo
nos corpos dos desprovidos
dos sistemas de produção

Hoje, crianças de minha família
perseguem o sonho dos olhos azuis
com filtros
instagram
tik tok
ofereceram pra elas
olhos azuis
em troca de suas almas

reconhecer a beleza dos olhos pretos
é ciclo que não se rompe
apenas com estudos

Promessa

Um corpo observa com empatia
Outros corpos
E faz uma linda promessa
Direito à vida
Aos excluídos do sistema

O corpo cai
Atravessado por balas cor de prata

Promessa estilhaçada
(perfurada)
Por balas compradas
Pelo Estado brasileiro

O corpo imatável
Vira coletivo
A cabeça imortal como a nona de Hidra
Mantém a promessa
Marielle, presente

Pau-brasil

Pau Rosa
obriga a catar
pau-rosa

assim começa
a história
do estupro em nossas terras

Do pau-brasil à soja

Oswald de Andrade escreveu:
o orgulho de ser branco
na terra morena conquistada

Continuo
o orgulho de se acreditar branco
na terra vermelho sangue, explorada

Os fora da lei

Na cadeia
Dentro da lei

Na universidade
Fora do lugar

Bombas cotidianas

uma bomba
explosão, feridos
células de atendimento psicológico
sobreviventes
diagnóstico
stress post-traumático

há bombas cotidianas que emitem ruídos
que só negros e árabes escutam
Queria aprender a dançar como vocês
Todo árabe é ladrão

não há célula psicológica para eles
e se existisse
não daria conta
de bombas implodidas

Vocabulário colonial

Mar encrespado
criado-mudo
cerveja canela de pedreiro
convido a leitora a continuar preenchendo
os espaços em *branco*
em seguida, devagar, sem pressa, descoloniza uma por uma

Cartografia colonial ou Sul global

no Brasil, eu sou do Norte
na França, eu sou do Sul
haja paciência para entender
tanta geografia colonial

Cemitério líquido

Lágrimas escorrem lisas
em direção de minha boca
sinto o gosto
sal
memórias revolteadas
lembranças rompidas

Há sal,
mas
há salvação?
para as almas de meus ancestrais
que cochilam cheias de pesadelos
no fundo do Oceano Atlântico

Quais rotas iremos seguir?
quais caminhos percorrer?
para honrar todas essas almas
que jazem no fundo do oceano

Às vezes, emergem e tomam vida
libertam-se e pulam pelas minhas retinas
saem pingando
gotículas que o chão não absorve

o sal molhado que escorre de seus corpos
arde em meus olhos
para lembrar que houve muitas travessias
há muitos pulos e correrias
vai e vem
vai e vem
vem e vai
500 anos de
captura
fuga
fuga-captura
fuga
corra
e permaneça viva
em nós
por nós

Raízes

Toda preta é pesada
as costas doem
carrega um quilombo dentro de si
quando não estiver bom
fuja
e permaneça viva
não esqueça
sua raiz é longa e fina

Educação jesuítica nas etnografias amnésicas

Na época, coletava
afoita e impertinente
memórias da escravidão

Me conta, Seu João, sua vida, criança?
O que seus pais contavam da época das fazendas?

Muita coisa
(silêncio)

O que, por exemplo?
Não sei
Tu deves saber, minha filha,
que nessa época,
criança não escutava conversa de adulto
os que se aventuravam a grudar os ouvidos
nas paredes
se flagrados
pagavam com carocinhos inscritos no couro
pelo galho de goiabeira

No mundo das crianças
a escravidão se anunciava em forma de galho

e na frase:

se metam com os da sua laia

Métodos educacionais jesuíticos

a criança responde
ao adulto
reação
fogo que arde
galho de murta
galho de goiabeira
cinturão
(neto do chicote)
descem
para domar a besta
ferida
ela dorme
ou finge?

Deus é amor

Bate nas pernas
Nenhum risco pra cabeça
minha mente infantil,
não entendia a conexão das frases
a mais temida:
Se correr é pior
desobedecer e
uma, duas, três marteladas
poft, poft, poft
lição na matéria carnal
de práticas pedagógicas
jesuíticas na Amazônia

Arma branca

Ferir o opressor com
e na
sua língua

Quando viajo

No aeroporto
felicidade é
ver um rosto querido
que te aguarda (espera)
na cidade indiferente
alguém se importa contigo

No saguão
triste é
desembarcar cansada
desodorante vencido
(sempre vence no avião, mesmo o 24 horas)
vês reencontros
abraços fraternos
pequeninos que se esgoelam
casais que se beijam de língua
e tu sozinha
puxando tua mala
olhando pra baixo
e pensando
na forma mais econômica de sair desse lugar

Descoloniza o paladar

Assa aí
o peixe
pra tomar
com açaí

A solidão da mulher negra

Por que minhas vitórias,
festejo sozinha?
e meus erros expostos e julgados
por multidões em redes sociais

A solidão da mulher negra II

Estrutura sistema
leva a negra a perguntar
Quem torce por ti?

Imperativo

Não te fechas
Na tua dor
Grita
Chora
Explora-expõe
Confia
Na tua intuição

Imperativo II

Rema remador
Rumo ao infinito
Não há chegada
Não é grave
Mantém a vida viva
Em movimento

Terapia

Quando escrevo
eu forço minha inclusão
no mundo
que me rasga, esgarça até o insuportável
ao escrever
eu recolho
os pedacinhos
de minha alma-papel
costuro e colo
me dou
um novo recomeço
abraço possibilidades

Corpo memória

meu corpo é um lugar
de muitas memórias
minha mãe
minhas tias
minhas avós
minha bisavó
as vizinhas
o mundo contado
por olhos
invisíveis e escrutadores
escuta-dores

Os primeiros complotistas

Criança,
na escola aprendi
nos livros de história
que africanos
inventaram a escravidão
prendiam seus vizinhos longínquos
e ensinaram pros europeus ingênuos
como lucrar com isso,
mas os brancos tinham a liberdade no dna
e muito, muito, muito sabidos
inventaram a abolição
eram príncipes e princesas
bonzinhos, loirinhos de olhos azuis
e *nóis* pretinhos, sujinhos e assustados
sem entender a liberdade
nosso dna não dava conta disso

Adulta,
virei leão
contesto o caçador
eu deito a caneta no papel
para contar nossas histórias
eu tenho o poder

de não deixar o 19
entrar no 21

Irracional

Haverá uma nação inteira
vigiando a porta da entrada
e mais outra te conduzindo
à porta de saída
tudo isso
porque carregas contigo
teu uniforme racial
e se tu te esgueiras pelas frestas
permaneces

Radar

Qual o tamanho da tua ferida?
eu sinto tua dor
ela se mistura com a minha
tuas roupas
marcas escondem
meus olhos inquisi-dores
veem gotinhas de sangue
que teimam em cair
e tuas mãos precipitadas
tentam enxugar
eu também tentei
em vão
elas voltam a escorrer
em um segundo de desatenção
as deixará
caírem no chão
não te preocupes
elas coagularão
sob meus pés atentos

Cativo da borracha

Um saco de estopa
no qual cabia
uma promessa-sonho
e
um par de calças azuis
uma blusa branca
um par de sandálias

uma caneca
uma colher
uma faca
um garfo
um prato

para descansar
uma rede

para vício e prazer
uma carteira de cigarros

No seringal
havia uma dama vestida de preto

que te aguardava com
seu quase invisível bicho de estimação

fome, cansaço, malária, febre de cor
nos teus delírios
o teu sonho se afoga na chuva
e no saco não cabe
promessa-futuro

Genocídio

Corpos que atiram
são semelhantes
aos que caem
Quem dá a ordem?
Ainda é Dom João VI?

Hierarquias *black*

no mercado da pretidão
qual a língua que brilha?
e que nuance de cor vale mais?
Qual país invade
tua estante de livros?

Poeminha de amor não romântico

até que a morte os separe
cuidado com o que desejas
desejos podem virar
solidão, prisão
ruminação a dois
calefação defeituosa

amas a ti
e outros seguirão

Lições de amor

Belas lições
aprendi com meus amores
dignas de prateleiras de autoajuda
depois do sofrimento
é que chega reflexivo
o amor
por mim mesma

Minhas mãos

Com essas mãos
Limpo a casa do senhor
Com essas mãos
Penso
Com essas mãos
Eu me vingo do senhor
Com essas mãos
Cuspo na comida do senhor
Com essas mãos
Escrevo
Com essas mãos
Vingo
Vigorosa
Existo
Com essas mãos
Estou armada

Sociedade anti-idade

Me sinto passada
fora do prazo de validade
como *sashimi*
de restaurante japonês sem cliente

Corpo negro

Corpo negro
arquétipo da feiura
ou
beleza da alteridade
beleza exótica

Não desce tua neurótica
sobre mim

Bloqueios reais e imaginários

eu limitada pelas palavras
encharcada de medos e bloqueios
peno pra descrever
meus mundos interiores, vidas passadas
cavalos de fogo, cão sem rabo, macacos de pedra,
mas a qualquer hora
maltrato e retrato
cadáveres que levantam do caixão

Black indigenous lives matter

Vidas negras e indígenas importam?
Sim,
a negra quando limpa a tua casa
a indígena quando habita o mato sem minério
Ademais, não, não importam,
mas
nós faremos importar

Pode a subalternizada se deslocar?

Cruzo a fronteira do Norte Global
Uma nova cor será
minuciosamente inspecionada
Não apenas minha pele
Agora adicionaram
a do passaporte

Beleza universal

De que cor é o Jesus da tua folhinha?
Minha mãe disse:
A única coisa que sei fazer é rezar
Eu pensei
A única coisa que sei fazer é estudar
E como transformar isso num negócio capitalista?

Nós

Estou em pé
Sinto o fio invisível
Que me puxa

Caio
E vejo pela primeira vez
Os fios enrolados que prendem minhas pernas
Nos traumas de infância

Tartarugas

Toda a riqueza da Europa
Repousa
Nas costas dos meus ancestrais

Pássaro migratório

Peguei mais uma vez
o avião negreiro
cheia de medo
e sede
de novas aventuras

Paguei excesso,
uma centena de quilos
de angústia e ressentimento

Com medo de poluir o ambiente
me desfiz da metade do peso
em cima das nuvens rechonchudas
transmutado em bolhas azuis

Toda pessoa que migra
voa, sonha, deseja
uma vida melhor

Universal só o racismo

Nesses anos de vivência
De minhas quatro décadas de existência
Brasil e França
Eterno empate
No placar 2 x 2
No universal de frases mais banais

Trabalhar no Black
Denegrir, denegrir, denegrir
Por que reclamas tanto?
Não somos todos iguais?

Língua

Na língua materna
Porque violentada
Eu escrevo pra falar de mim e de nós

Na língua
Gravo nossas memórias
Nos anais de histórias

Diga seu nome ou Necropolítica

Estava escrevendo um poema
para ilustrar que todas as vidas importam
quando correu a notícia
do assassinato
de mais um jovem parente negro

Assassinado pela polícia
três tiros nas costas
vinte e um anos

Confirmando que a vida de pessoas
como nós
não importa

Apaguei o poema
fiquei muda e com a sensação
De que minha família
convive com um eterno luto
nutrido pelo Estado brasileiro

Para Renivaldo

Cinco séculos

Agora tudo é racismo
(pausa)
desde o momento
em que os primeiros indígenas foram catequizados
e em que os primeiros africanos foram capturados e enviados à
[Terra Brasilis
que pra gente
tudo é racismo

Vai

Solidão
Sofrimento
Não pertencimento
Mas
Há mais
Mesmo assim
Fraquejando, caindo,
Levantando
Continuas a caminhar
Rumo ao infinito
Lá alguém espera por ti
E te acolhe com um abraço
Que não permite
Nenhuma dor penetrar
Ficcionaliza o trauma
Para alcançar a cura

Nós somos o Presente e o Futuro

Acabei de chegar do futuro assim
nua
e com apenas
uma arma
minha caneta bic preta
com ela
eu escureço
o papel *branco*
eu me chamo Ouāroyio Topinamba
em homenagem
ao meu tataravô
que habitou e deixou
esse mundo
nù
como eu

■ primeira edição
■ julho de 2022